edition exil

shani bar on, emil rennert
die jüdische bukowina – spuren
the jewish bucovina – clues
fotos und essays

edition exil, wien 2010
isbn: 978-3-901899-45-4

herausgeberin und lektorat: christa stippinger
layout und grafische gestaltung: sebastian menschhorn
korrektorat: eva auterieth

coverbild: die große synagoge von vatra dorna, rumänien, 2009
the synagogue of vatra dorna, romania, 2009

edition exil
stiftgasse 8—1070 wien—tel. 0699 123 444 65—fax 0043 1 89 00 87 215
edition.exil@inode.at —www.editionexil.at—www.zentrumexil.at

ein projekt des vereins exil
in kooperation mit dem verein kulturzentrum spittelberg (amerlinghaus)

nationalfonds der repubik
österreich für die opfer des
nationalsozialismus

shani bar on, emil rennert

die jüdische bukowina – spuren

the jewish bucovina – clues

edition exil

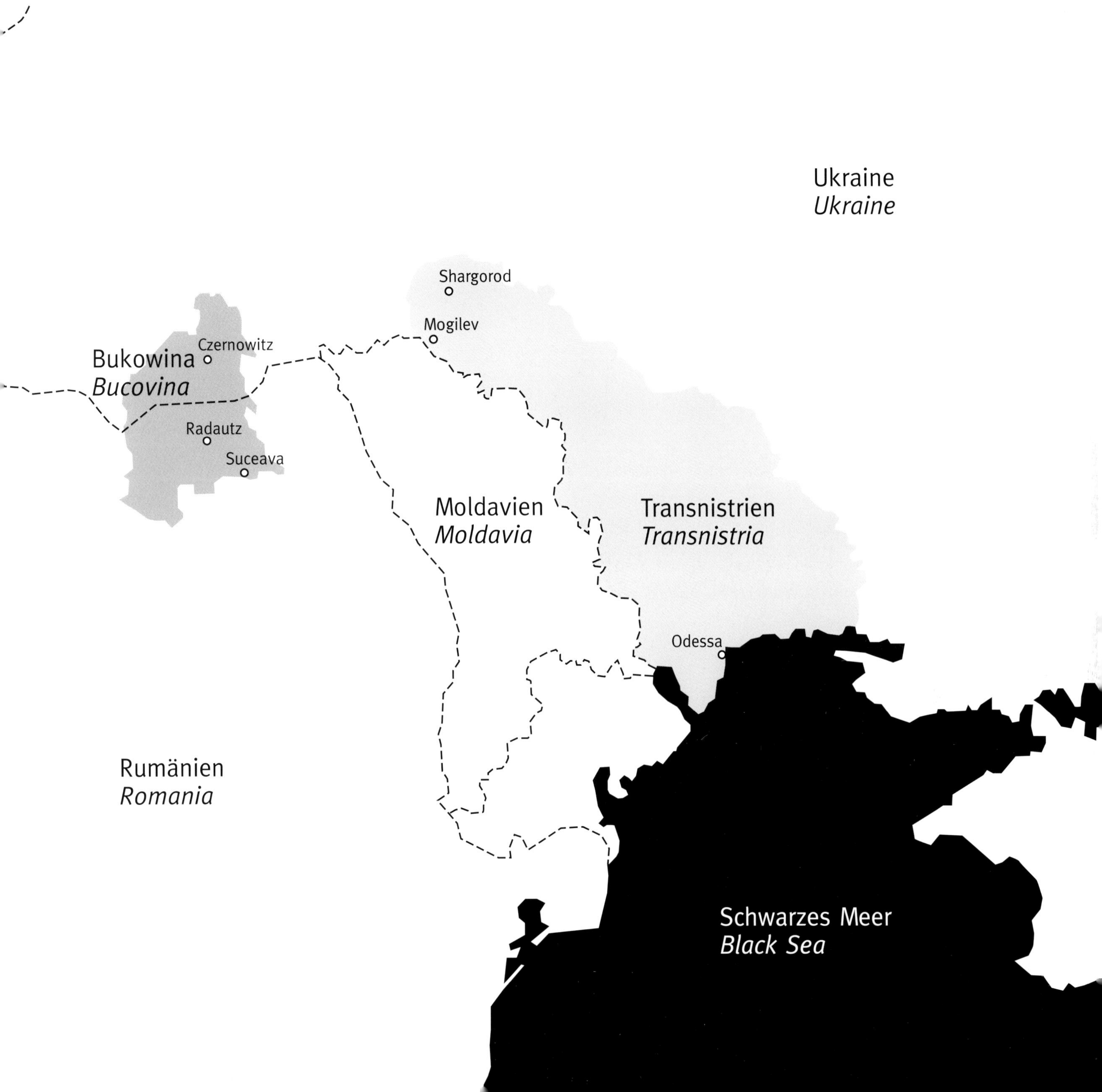

Ukraine
Ukraine
Shargorod
Mogilev
Czernowitz
Bukowina
Bucovina
Radautz
Suceava
Moldavien
Moldavia
Transnistrien
Transnistria
Odessa
Rumänien
Romania
Schwarzes Meer
Black Sea

Spuren

Seit meinem vierzehnten Lebensjahr unternahm ich gemeinsam mit meinem Vater lange Reisen in die Bukowina. Wenig später, sechzehnjährig, begann ich, mich alleine nach Rumänien und in die Ukraine aufzumachen. In rostigen Zügen oder per Autostopp ratterte ich gen Osten. Mit dem Rucksack auf dem Rücken wanderte ich durch ein unwegsames Land. Zu Beginn war mir vielleicht nicht wirklich bewusst, was ich in der Bukowina suchte, doch zog mich dieses Land auf seltsame Weise an. Dunkle Wälder und armselige Dörfer, staubige Straßen, fremde Sprachen, laute Markthallen, die besten Tomaten der Welt – und mitten in dieser Fremde fand ich etwas ganz anderes – etwas viel Vertrauteres – ein Stück Familiengeschichte. Vor langen einhundert Jahren, als die Bukowina noch Teil Österreich-Ungarns war, lebten die Vorfahren meines Großvaters in dieser Region, die heute in Rumänien und der Ukraine liegt. Wie so viele in dieser Zeit rund um den Ersten Weltkrieg verließen meine Urgroßeltern Lea und Pinkas Rennert die Bukowina Richtung Hauptstadt Wien. Hier wurde im Jahr 1926 mein Großvater, der Schriftsteller Erwin Rennert, geboren. Die alte Heimat seiner Eltern lernte er als Kind auf den sommerlichen Ferienreisen zur Familie in die Bukowina kennen. Er und seine Schwester überlebten den Holocaust als jugendliche Flüchtlinge in den USA. Seine Eltern und viele der Verwandten kamen nicht davon. Sie wurden in der Shoah ermordet. Trotz Holocaust und später Eisernen Vorhangs und Kommunismus waren die kindlichen Erinnerungen des Großvaters niemals verloren gegangen. Seine idealisierenden Erzählungen über die ehemals so schöne jüdische Bukowina hatte ich seit Kindesbeinen im Ohr. Es ist nicht verwunderlich, dass ich als Jugendlicher eines Tages selbst auf die Suche gehen wollte.

Was suchte ich? Waren es die Gräber meiner Familie? Waren es Menschen, die meine Vorfahren gekannt hatten oder von ihnen gehört hatten und mir von ihnen erzählen konnten? Vage waren die Überlegungen und Hoffnungen, die mich in das Land der verfallenen Synagogen und verwachsenen Friedhöfe führte. Auf meinen ausgedehnten Reisen in die Bukowina fand ich zwar keine Verwandten, dafür aber eine Handvoll Menschen, die mir sehr lieb wurden und von denen ich sehr viel lernen sollte: die letzten Überlebenden des Holocaust – die letzten Juden der alten Bukowina.

In meiner jugendlichen Naivität dachte ich, jeder ältere Mensch, der mir auf der Straße begegnete, könnte Mitglieder meiner Familie gekannt haben. Ich begann Fragen zu stellen, in einer Sprache, die ich noch nicht beherrschte. Mein Großvater hatte mir nur beschrieben, dass die Familie nahe dem Großen Tempel von Radautz, Rumänien gewohnt hatte. Dieser Tempel liegt direkt im Zentrum der Kleinstadt am Stadtpark. Vor dem Holocaust war etwa ein Drittel der 30.000 Bewohner der Stadt

A search

Starting when I was fourteen years old, I made long trips into the Bucovina with my father. A little later, at sixteen, I started to travel alone to Romania and the Ukraine. In rusty trains or hitchhiking, I rattled to the East. With a backpack on my back, I hiked through a pathless land. At the beginning I was probably not fully aware of what I was looking for in the Bucovina, but I was drawn to this country in a strange way. Dark forests and poor villages, dusty roads, foreign languages, noisy market halls and the best tomatoes in the world. But in the midst of this foreign country, I found something else - something much more familiar - a piece of my family's history. One hundred years ago, when the Bucovina was still part of the Austro-Hungarian Empire, the ancestors of my grandfather lived in this region, which is now divided between Romania and the Ukraine. Like many others of the period around the First World War, my great-grandparents Lea & Pinkas Rennert left the Bucovina for the Austrian capital, Vienna, where in 1926 my grandfather, the writer Erwin Rennert, was born. As a child, he came to know the old home of his parents when they went to spend the summer holidays with their family in the Bucovina. My grandfather and his sister survived the Holocaust as young refugees in the United States. His parents and many of his relatives were less fortunate and were murdered in the Shoah. Despite the Holocaust, and later the Iron Curtain and communism, my grandfather never lost his childhood memories of the Bucovina. I myself had heard his idealized stories of the once so beautiful Jewish Bucovina since early childhood. Therefore it was not so surprising that I wanted to go as a teenager on the quest to find this forgotten country.

What was I looking for? Was it the graves of my family? Were there any people left who had known my ancestors, or who had heard of them and could tell me about them? The ideas and hopes which led me into the land of the ruined synagogues and overgrown cemeteries were vague. Although I found no relatives, my extensive travels into the Bucovina were not fruitless, because I found a handful of people who became very dear to me and from whom I would learn a lot: the last survivors of the Holocaust – the last Jews of the old Bucovina.

In the beginning of my travels, I thought that every elderly person on the streets might have known members of my family. So I began to ask questions in a language that I had not yet mastered. My grandfather had simply told me that our family lived very near the Great Temple of Radautz, Romania. This temple is located right in the center of town at the city park. Before the Holocaust, about a third of the 30,000 inhabitants of Radautz were Jewish. Today, however, there are hardly

jüdisch. Doch heute leben kaum noch Juden in Radautz, und diese zu finden, war auch damals nicht leicht. Als ich im Jahr 1999 das erste Mal in Radautz war, hatte Google Rumänien noch nicht erreicht. Und doch gelang es mir mit Glück und Zufall, auf die richtige Spur zu kommen. Ich erinnere mich gut an meine erste Begegnung mit Herrn Osias Stenzler. Skurrilerweise hatte mir ein amerikanischer protestantischer Prediger, den ich durch Zufall kennen lernte, die Adresse von Herrn Stenzler als „letzten Juden von Radautz" aufgeschrieben. Der neu-evangelikal Erleuchtete war bei seiner Missionstätigkeit in Rumänien über Herrn Stenzler gestolpert. Er bot mir an, uns bekannt zu machen, schränkte jedoch gleichzeitig ein, dass dieser wohl kaum hilfreich für mich sein könne, da er fast blind und taub sei, gelähmt im Rollstuhl sitze und „keine Sprache" spreche: „He speaks no language!"

Diese Beschreibung mutete umso absurder an, als sich herausstellte, dass Herr Stenzler nicht nur ein ungemein interessanter, hochintelligenter Gesprächspartner war, sondern auch eine Vielzahl von Sprachen, unter anderem Deutsch, Rumänisch, Russisch, Ukrainisch und Jiddisch sprach. Dies waren aus der Sicht des amerikanischen Missionars, der lediglich Englisch sprach, offenbar nicht vollwertige Sprachen. Wiewohl nicht sehend, strahlten uns die klaren Augen des damals zweiundneunzigjährigen Herrn Stenzler vom ersten Augenblick an wach und mit großem Interesse entgegen; er antwortete akkurat und umfassend auf alle unsere Fragen. Er entpuppte sich als wandelndes Lexikon der Geschichte der Region und weit darüber hinaus. Im Zuge seiner umfassenden Berichte und Erzählungen konnten wir uns des Eindruckes nicht erwehren, dass sich seit Jahrzehnten kaum jemand in Rumänien für sein Wissen, geschweige denn seine persönliche Geschichte interessiert hatte. In den folgenden Jahren sollte ich ihn noch oft besuchen. Es entwickelte sich über die fast 80 Jahre Altersunterschied hinweg eine gute Freundschaft, für die ich sehr dankbar bin. Der 1909 geborene Herr Stenzler hatte vieles miterlebt und wusste gut von den Irrwegen des 20. Jahrhunderts zu berichten. Er erzählte mir von seiner Kindheit in der österreichisch-ungarischen Monarchie und während des Ersten Weltkrieges; über seine politisch aktive Zeit in sozialistischen Jugendbewegungen, seine schwere Lagerhaft als politischer Gefangener im antisozialistischen und antisemitischen Rumänien der 30er Jahre und über die darauf folgende Deportation in ein rumänisches Konzentrationslager namens Vapniarka. Dieses Lager besuchten wir im Zuge der Recherchen für dieses Buch. Es befand sich, wie viele andere, im rumänisch annektierten damaligen „Transnistrien". Auch an Mitglieder meiner eigenen Familie konnte sich Herr Stenzler noch erinnern. Er half mir, die wenigen anderen Juden, die so wie er den Holocaust in Transnistrien überlebt hatten und in die Bukowina zurückgekehrt waren, zu finden. Nicht viele der Überlebenden waren bis heute dort geblieben. Mein Vater hatte bei seiner ersten Reise in die Bukowina im Jahr 1979 ein von Ceauşescu geprägtes Land vorgefunden, in welchem ein Großteil der restlichen jüdischen Bevölkerung buchstäblich auf ihren Koffern sitzend auf die

any Jews left and discovering them was at that time not so easy. In 1999, when I was in Radautz, Romania, for the first time, Google had not yet reached this small city. And yet, by chance and luck, I managed to get on the right track. I will remember my first encounter with Mr. Osias Stenzler for a long time. Curiously, an American Protestant pastor, whom I met by chance, gave me the address of Mr. Stenzler, saying that he would be „the last Jew of Radautz". The newly-enlightened evangelical had stumbled over Mr. Stenzler during his missionary work in Romania. He offered to get me in touch with him, but told me at the same time that Mr. Stenzler could hardly be of any help because „He speaks no language!" This description seemed even more absurd, as it turned out that Mr. Stenzler was not only an extremely interesting and a highly intelligent conversation partner, but also spoke a variety of languages, including German, Romanian, Russian, Yiddish and some Ukrainian. From the perspective of the American missionary, who only spoke English, these were apparently not full-fledged languages. Although the 91 years old Mr. Stenzler was almost blind, his eyes were clear and full of interest when he began answering my questions. He also turned out to be a living encyclopedia of the history of the region and areas beyond. As I listened to his comprehensive reports and stories, I could not avoid the impression that almost nobody in Romania had any interest in his great knowledge. In the following years, I would come to visit him often. Despite the 77 years age difference, a good friendship evolved – one for which I am very grateful. Born in 1909, Mr. Stenzler had seen many things and was well aware of the history of the 20th Century. He told me about his childhood in the Austro-Hungarian monarchy and the First World War, about his politically active time in socialist youth movements, his heavy incarceration as a political prisoner in the anti-socialist and anti-Semitic Romania of the 1930s and his subsequent deportation to a Romanian concentration camp called Vapniarka, a camp that we visited in the course of the research for this book. It was, like many other camps in „Transnistria", part of a territory that was then annexed by Romania. Mr. Stenzler also remembered members of my own family, and he helped me to find a few other Jews who had survived the Holocaust in Transnistria and had returned to the Bucovina. Not many of the survivors remained in Romania. My father had found on his first trip to the Bucovina in 1979 a country marked by Ceauşescu, in which the majority of the remaining Jewish population literally was sitting on their suitcases, waiting for their departure papers and exit permits. But with Mr. Stenzler's help, I got to know more and more scattered survivors, and in 2004, I decided to shoot a documentary about the last Jews of Radautz. I hoped to honor Mr. Stenzler, among others. The film, „A vanished world", was published in 2005 in the Viennese edition exil and presented at film festivals throughout Austria. In the years since, I remained dedicated to the documentation of the Holocaust through oral-history interviews. In the United States, I conducted over 50 oral history interviews with Jews from Austria who fled the Nazis. These interviews were conducted for the Leo Baeck Institute of New

Ausreisepapiere wartete. Ich lernte nach und nach, mehr und mehr versprengte Überlebende kennen und entschloss mich 2004, einen Dokumentarfilm über die letzten Juden von Radautz zu drehen. Unter anderen habe ich auch versucht, Herrn Stenzler mit diesem Film ein kleines Denkmal zu setzen. Der Film „Eine verschwundene Welt" erschien 2005 in der Wiener edition exil, wurde bei den 8. Wiener Video- und Filmtagen ausgezeichnet und unter anderem bei der Vienna Jewish Film Week gezeigt. Seit damals sind nun einige Jahre vergangen. In der Zwischenzeit hatte ich mich weiter der dokumentarischen Aufarbeitung des Holocaust gewidmet und unter anderem für das Leo Baeck Institute New York über 50 Oral-History-Interviews mit aus Österreich stammenden Juden durchgeführt, die vor den Nazis in die USA geflohen waren. In meiner Zeit in den Vereinigten Staaten lernte ich meine Frau, die Fotografin Shani Bar On, kennen. Auch ihre Familiengeschichte ist gezeichnet von vielen Menschen, die im Holocaust ermordet wurden. Wir entschieden uns, weitere Berichte von Überlebenden zu sammeln, um ihnen ein würdevolles Andenken zu ermöglichen. Gemeinsam begannen wir, Überlebende aus der Bukowina ausfindig zu machen und ihre Erinnerungen aufzuzeichnen. Grundlage der Recherche für diesen Fotoband sind zwölf Oral-History Interviews, die wir in Israel, Rumänien und der Ukraine durchführten. Mit den Geschichten der Überlebenden im Ohr machten wir uns auf mehreren ausgedehnten Reisen auf eine Spurensuche zu den Dörfern und Städten, in denen sie gelebt hatten, zu den Schulen und Synagogen, die sie besucht hatten, und zu den heute nur zu oft in Vergessenheit geratenen Ghettos, Konzentrations- und Vernichtungslagern in Transnistrien.

Die Bukowina

Czernowitz, die Hauptstadt der Bukowina, liegt im nördlichen Landesteil, der heute Teil der Ukraine ist. Anlässlich des 600-Jahr-Jubiläums der Stadt wurde Czernowitz in den letzten Jahren rundum renoviert und herausgeputzt. Straßenzüge wurden erneuert, historische Plätze restauriert und fast alle Fassaden neu gestrichen. Nach einer meist beschwerlichen Reise in Czernowitz angekommen, fühlt man die frischen Impulse sofort. Wenn man spazieren geht, könnte man fast glauben, man wandelt durch ein altes Wien oder Prag. Das Zentrum der Stadt besteht zu einem großen Teil aus Gründerzeitgebäuden. Man könnte meinen, man sei in ein altes Schwarzweißfoto des jüdischen Czernowitz gestiegen und irgendjemand habe alle Häuser bunt angemalt.
Czernowitz war einst eine Stadt vieler Volksgruppen, Sprachen und Kulturen. Ukrainer, Rumänen, Deutsche, Polen, Roma, Huzulen, Armenier und Juden lebten größtenteils friedlich gemeinsam

York's „Austrian Heritage Collection" and other projects. In my time in the United States, I met my wife, the photographer Shani Bar On. Her family history is also marked by many people who were murdered in the Holocaust. Together, we decided to collect more testimonies of survivors in order to create a dignified remembrance. We began to search for more survivors from the Bucovina and to record their memories through oral-history interviews. The bases of the research for this photo book are twelve oral-history interviews that we conducted in Israel, Romania and the Ukraine. With the stories of the survivors as a starting point, we went on several extended journeys on a search for clues to the villages and towns where they had lived, to the schools and synagogues which they had visited, and to the all too often forgotten ghettos, concentration camps and extermination camps in Transnistria.

The Bucovina

Czernowitz, the capital of the Bucovina, is located in the northern part of the region, which is today part of the Ukraine. For the occasion of the 600 year anniversary of the town, Czernowitz was heavily renovated. Streets have been renewed, historical sites restored, and almost all the house-fronts were newly painted. Upon arrival, the restored city is immediately noticeable. If you go for a walk in Czernowitz, you could almost think you were walking through a small version of Vienna or Prague. The center of the city is comprised almost exclusively of turn-of-the-century historic buildings. Walking through Czernowitz feels like walking through an old black and white photo, one in which someone has colorized all the houses. Czernowitz used to be a city with many ethnic groups, languages and cultures. Ukrainians, Romanians, Germans, Polish, Roma, Huzuls, Armenians and Jews lived together in the Bucovina. Compared with other parts of Eastern Europe,

in der Bukowina. Verglichen mit anderen Teilen Europas war die Bukowina ein relativ liberales, fortschrittliches und aufstrebendes Kronland der österreichischen Monarchie. In Czernowitz bildete die jüdische Bevölkerung die Mehrheit und die Stadt hatte schon sehr früh einen jüdischen Bürgermeister. Die Bukowina im Allgemeinen und Czernowitz im Speziellen verfügten über eine ganz besondere Anziehungskraft. Zu Zeiten der Donaumonarchie kamen Juden aus allen Winkeln des Vielvölkerstaates und Osteuropas nach Czernowitz. Es hatte sich herumgesprochen, dass die Bukowina ein guter Ort für Juden war. Jüdische Schulen, jüdische Parteien und jüdische Zeitungen machten sie zu einem bedeutenden Mikrokosmos jüdischer Emanzipation in Europa. Die vielen um die Wende zum zwanzigsten Jahrhundert errichteten Gebäude zeigen, welcher Wohlstand hier erwirtschaftet wurde. Die jüdische Epoche war zweifellos die Blütezeit dieser Region. Es existierte eine Vielzahl von Wiener Kaffeehäusern, und es wird berichtet, dass manche von ihnen bis zu hundert verschiedene Tageszeitungen aus ganz Europa aufliegen hatten. Der imposante Bahnhof am Fuße der auf Hügeln gebauten Stadt vernetzte Czernowitz mit weiten Teilen Europas. Diese, wie Joseph Roth schrieb, „östlichste Garnisonsstadt der K&K Monarchie" war nicht irgendeine vergessene Stadt an der Peripherie der ehemaligen Sowjetunion. Nein, etliche Staaten unterhielten hier Konsulate. Ein ganz besonderes Flair hat sich in den alten Häusern bewahrt, deren Jugendstilfassaden auf uns herabblicken. Denn auch wenn im Zentrum die Häuser aus dieser Zeit fast allesamt noch stehen, sind die Menschen, die in ihnen heute wohnen, ganz andere. Spricht man mit ihnen, hat man nicht das Gefühl, dass heute jemand wissen will, wie viel ihre Stadt der ehemals so großen jüdischen Bevölkerung verdankt. Als ich beispielsweise einen alten Antiquitätenhändler nach der nahe gelegenen jüdischen Schule fragte, warf mich der zuvor freundlich blinzelnde Greis fast aus dem Geschäft. Aus den Augenwinkeln sah ich, dass er selbst verstaubte Menorahs zum Verkauf anbot. Jüdische Verlassenschaften und Raubgut gibt es in der Bukowina zuhauf. Von vormals über siebzig Synagogen in Czernowitz wird nur mehr eine regelmäßig als Bethaus genützt. Alle anderen wurden entweder zerstört oder – in den meisten Fällen – zweckentfremdet. Der Große Tempel von Czernowitz wurde im maurischen Stil gebaut und die imposante Kuppel ähnelte jener der Neuen Synagoge in Berlin, Oranienburger Straße. Am 5. Juli 1941 wurde der Tempel von den Nazis und rumänischen Faschisten geschändet und die Kuppel niedergebrannt; unter kommunistischer Herrschaft wurden die Reste des Tempels zum Kino umfunktioniert. Um eingelassen zu werden, musste ich eine Karte für „Harry Potter“ auf Russisch kaufen. Auch die große, weiße Synagoge in der ehemaligen „Synagogengasse" sieht traurig aus. Sie beherbergt eine Holzfabrik. Pin-up-Kalender mit nackten Frauen säumen die Wände. Am augenfälligsten wird der unsentimentale Umgang mit der Geschichte vielleicht angesichts der großen Synagoge in der Nähe des Justizpalastes: Hier hat sich ein ukrainischer Boxclub eingerichtet. Statt Thora-Schrein findet man einen Boxring und vom Balkon der Frauen kann man sich die blutigen Kämpfe ansehen.

the Bucovina used to be a relatively liberal, progressive and ambitious crown land of the Austrian monarchy. The capital, Czernowitz, had a Jewish majority, and the city had a Jewish mayor very early on. The Bucovina in general and Czernowitz in particular possessed a very special attraction. At the time of the Habsburg monarchy, Jews moved from all corners of the multinational state and Eastern Europe to Czernowitz. Word had spread that the Bucovina was a good place for Jews. Jewish schools, Jewish political parties and Jewish newspapers made the Bucovina become a significant microcosm of Jewish emancipation in Europe. The many buildings constructed at the turn of the 20th century show the wealth and prosperity that was generated here. The „Jewish era" was undoubtedly the heyday of this region. There existed a variety of Viennese coffee houses, and it is reported that some of them carried more than one hundred different newspapers from all over Europe for their customers. The imposing railway station at the foot of the city networked Czernowitz with much of Europe. The city that Joseph Roth described as the „eastern garrison town of the Austro-Hungarian monarchy" was not some forgotten town on the periphery of the former Soviet Union. No, several states maintained consulates here. A very special flair is preserved in the art nouveau facades full of statues and faces that look down on us to this day. However, even though the old buildings from that period remain, the people who live in them today are very different. When I talk to them, it does not seem like anybody really cares much about the city's Jewish past. When I asked a friendly old antique dealer, for example, about the nearby Jewish school, the previously twinkling gentleman almost threw me out of his business. From the corner of my eye I saw that he even offered a dusty Menorah for sale. Forgotten remnants of Jewish life and looted goods are widely found in the Bucovina. Of more than seventy former synagogues in Czernowitz, only one is still used as a synagogue. All the others were either destroyed or – in most cases – are now used for other purposes. The Great Temple of Czernowitz, for example, was built in the Moorish style, and its impressive dome used to be similar to that of the „New Synagogue" on Berlin's Oranienburger Straße. However, in July 1941, the temple was desecrated by the Nazis together with Romanian fascists, and the dome was burned down. Under communist rule, the remains of the temple were turned into a cinema. In order to be admitted, I had to buy a ticket for „Harry Potter" in Russian. The large, white synagogue in the former „Synagogue Street" looks sad. Nowadays it houses a wood factory. Pin-up calendars with naked women line the walls. Most obvious is the unsentimental approach to history, perhaps at the large synagogue in the vicinity of the former palace of justice: here an Ukrainian boxing club set up shop. Instead of the Torah shrine, one finds a boxing ring, and from the balcony of the synagogue, one can watch the bloody fighting.

In the Bucovina there is more to see than just the capital of Czernowitz. The mountains of the Carpathian foothills and the archaic landscapes located in the southern Bucovina are themselves

In der Bukowina gibt es jedoch mehr zu sehen als nur die Hauptstadt Czernowitz. Die Berge des Karpatenvorlandes und die archaisch anmutenden Landschaften der in Rumänien gelegenen Süd-Bukowina sind selbst eine Reise wert. Wer sich auf den abenteuerlichen Weg in die Bukowina macht, begibt sich auf eine Zeitreise in die Vergangenheit. Pferdewagen auf den Straßen, schwere Handarbeit auf den Feldern und idyllische Bergdörfer begrüßen den Reisenden. Architektur wie im Wien der Donaumonarchie und eine reiche jüdische Geschichte machen die Bukowina für Kulturtourismus ganz besonders interessant. Es wird auch zunehmend leichter, die Bukowina von Westeuropa aus zu erreichen. Sowohl per Flugzeug als auch per Eisenbahn oder mit dem Auto kann man sich auf die Entdeckungsreise in ein fast vergessenes Land begeben. Doch obwohl sich die touristische Infrastruktur im Aufschwung befindet, ist man vielerorts auch heute noch praktisch der einzige Besucher aus dem Ausland.

Besonders eindrucksvoll sind die Berge rund um die ehemaligen Kurorte Vatra Dornei und Gura Humorului. Ausgiebige Wanderungen im Sommer und Wintersport in der kalten Jahreszeit locken immer mehr Touristen auch in die Südbukowina. In diesem rumänischen Landesteil findet man außerdem eine Vielzahl von mittelalterlichen rumänisch-orthodoxen Klöstern, die von der UNESCO zum Weltkulturerbe erklärt wurden. Der Besuch eines Klosters vervollständigt jede Zeitreise in die Bukowina. Strenggläubige Mönche, das Flackern der langen, gelben Gedenkkerzen und die Choräle der gottesfürchtigen Gläubigen eröffnen den Besuchenden einen einzigartigen Einblick in Jahrhunderte alte Traditionen christlicher Orthodoxie. Wenn ich an den stummen Gesichtern der orthodoxen Ikonen vorbei durch die Gemäuer der mittelalterlichen Klöster gehe, fühle ich mich wie in eine andere Zeit versetzt. Historisch gesehen war die Bukowina ein bedeutender Schauplatz der Geschichte Rumäniens. So steht die große und beeindruckende Ruinen-Festung des hierzulande hoch verehrten Stefan Cel Mare (Stefan der Große) in Suceava, der Hauptstadt der rumänischen Bukowina.

Was die Bukowina aber so besonders macht, ist ihr multikultureller Charakter. Immer ein Grenzland zwischen verschiedenen Staaten und Kulturen, das oft den Besitzer wechselte, beherbergte sie viele unterschiedliche Völker. Zu Zeiten der österreichisch-ungarischen Monarchie war die Bukowina oftmals „Klein-Österreich" und Czernowitz „Klein-Wien" genannt worden. Dies lag daran, dass sich viele Volksgruppen der großen Monarchie auch im Kleinen in der Bukowina wieder fanden. Wer sich heute auf die Suche nach den Spuren dieser Zeit macht, wird in vielen Dörfern, Städten und natürlich auch in Czernowitz fündig. Am sichtbarsten manifestierte sich die Vielfalt in den verschiedenen Gotteshäusern, die man sogar in kleinen Dörfern finden kann. Oft stehen rumänisch-orthodoxe Klöster in nächster Nähe zu Synagogen oder auch katholischen, armenischen

worth a trip. Whoever travels to the Bucovina embarks on an adventurous journey into the past. Horse-drawn carriages on the streets, heavy manual labor in the fields and picturesque villages welcome the traveler. In recent years, it has become increasingly easier to reach the Bucovina from Western Europe. By air, by rail or by car, one can go on a journey into a widely forgotten country. But although the tourism infrastructure is in a recent upswing, in many places travelers from abroad remain a rare sight for the local population.

Particularly impressive are the mountains around the resort towns of Vatra Dornei and Gura Humorului. In this Romanian part of the Bucovina, one can also find a great number of medieval Romanian Orthodox monasteries, which were declared an UNESCO World Heritage Site. At these monasteries, the flicker of the long, yellow memorial candles, the silent faces of Orthodox icons on the walls, the prayers of the devout monks and the hymns of pious believers give the visitors a unique insight into centuries-old traditions of Christian orthodoxy. The monasteries and fortresses of the Bucovina have great importance in Romania's medieval history.

Nevertheless, it is the multicultural past that made the Bucovina so special. On the borders and crossroads between different countries and cultures, the Bucovina often changed hands and accommodated many different peoples. At the time of the Austro-Hungarian monarchy, the Bucovina was often referred to as „Little Austria" and Czernowitz as „Little Vienna". This was because many of the major ethnic groups of the monarchy were also found in the relatively small Bucovina. The most visible sign of this former diversity manifested in the various houses of worship, which can be often found even in small villages where Orthodox monasteries stand in close proximity to Catholic, Armenian and Protestant churches and Jewish synagogues. However, most of the synagogues have been exposed to decay and sometimes demolition in recent years. For where there are hardly any Jews, there is hardly someone who recognizes the need to preserve the synagogues. It is noteworthy how many of these synagogues are located prominently in city centers, directly on main squares or next to city halls, giving more evidence of how important Judaism used to be in the Bucovina.

oder protestantischen Kirchen. Vor allem die Synagogen sind jedoch in den letzten Jahren immer mehr dem Verfall ausgesetzt. Denn wo es kaum mehr Juden gibt, findet man schwer jemanden, der die Notwendigkeit erkennt, die Synagogen zu erhalten. Interessant ist, wie prominent viele der Synagogen oft mitten im Stadtzentrum, am Hauptplatz oder neben dem Rathaus gebaut wurden. Diese Städteplanung bezeugt einmal mehr, wie wichtig einst das Judentum in der Bukowina war.

Antisemitismus in Rumänien

Die Neuaufteilung Europas nach dem Ersten Weltkrieg machte Rumänien zu einem der größten Gewinner dieses Krieges. Mehr oder weniger über Nacht hatte sich Rumäniens Territorium und Rumäniens Bevölkerung verdoppelt. Die neu an Rumänien angeschlossenen Landesteile waren „Bessarabien" (etwa die heutige Republik Moldawien), die Bukowina und Transsylvanien. Die nationalen Minderheiten der neu einverleibten Gebiete wurden in diesem neu aufstrebendem nationalistischem „Groß-Rumänien" als Fremde betrachtet. Etwa vier Prozent der rumänischen Bevölkerung nach dem Ersten Weltkrieg war jüdisch. Das gesellschaftliche Klima verschärfte sich in den 20er und 30er Jahren durch das Erstarken von antisemitischen Parteien und paramilitärischen faschistischen Gruppen. Die politische Situation in Rumänien in dieser Zeit war hochgradig instabil und antisemitische Einstellungen waren unter der Bevölkerung weit verbreitet. Besonders hervorzuheben ist hier die Rolle der „Eisernen Garde", einer extrem antisemitischen Truppe, welche nach Hitlers Machtergreifung auch von Deutschland aus unterstützt wurde. Nachdem die „Eiserne Garde" als drittstärkste Kraft aus der Parlamentswahl im Dezember 1937 hervorgegangen war, versuchte Rumäniens König Carol II die immer stärker werdenden Antisemiten durch die Berufung einer antisemitischen Regierung zu befriedigen. Diese antisemitische Regierung Rumäniens unter Octavian Goga und A.C. Cuza entzog durch eine Veränderung im Staatsbürgerschaftsrecht am 4. Januar 1938 fast 200.000 „fremden" Juden die rumänische Staatsbürgerschaft. Im Jahr 1940 lebten laut Schätzungen des Zentralen Rumänischen Statistik Institutes knapp 800.000 Juden in Rumänien. Die Regierung von Goga-Cuza scheiterte nach nur sechs Wochen Amtszeit. Es folgte ein Machtkampf zwischen König Carol II und dem Anführer der „Eisernen Garde". Durch den Ribbentrop-Molotow-Pakt zwischen Hitler und Stalin fand sich Rumänien zwischen zwei expansionistischen Mächten wieder. Das Jahr 1940 brachte Rumänien große Gebietsverluste. Zuerst annektierte die Sowjetunion im Juni dieses Jahres Bessarabien und die Nord-Bukowina. Czernowitz, die Hauptstadt der Bukowina, lag von da an bis 1941 in dem von der Sowjetunion besetzten Gebiet. Rumänien

Anti-Semitism in Romania

The new division of Europe after the First World War made Romania one of the biggest winners of that war. More or less overnight, Romania's territory and population had doubled. Romania acquired Bessarabia (approximately the present day Republic of Moldova), Transylvania and the Bucovina. The big national minorities of the newly incorporated areas were considered strangers in this newly emerging „Greater Romania". About four percent of the Romanian population after the First World War were Jewish. The social climate worsened in the 20's and 30's with the rise of fascist anti-Semitic parties and paramilitary groups. The political situation in Romania in that period was highly unstable, and anti-Semitic attitudes were widespread among the population. Particularly noteworthy is the role of the „Iron Guard", an extremely anti-Semitic force which was supported by Nazi-Germany. After the „Iron Guard" emerged as the third largest winner in the parliamentary elections of December 1937, Romania's King Carol II tried to satisfy the increasingly strong anti-Semites with the appointment of an anti-Semitic government. In January 1938, this anti-Semitic Romanian government under Octavian Goga and A.C. Cuza withdrew the Romanian citizenship of almost 200,000 „foreign" Jews through a change in the citizenship law. The Government of Goga-Cuza collapsed after only six weeks. It was followed by a power struggle between King Carol II and the leader of the „Iron Guard". The Ribbentrop-Molotov Pact between Hitler and Stalin placed Romania between two expansionist powers. According to estimates of the Central Romanian Statistics Institute, almost 800,000 Jews lived in Romania by 1940, a year that brought great losses of territory to Romania. First the Soviet Union annexed Bessarabia and the Northern Bucovina in June. Czernowitz, the capital of Bucovina, was from then until 1941 under the control of the Soviet Union. Although Romania undertook great efforts to get support and security guarantees from Hitler, these were subject to the condition that Romania had to satisfy the territorial claims of the other Nazi-allies, Hungary and Bulgaria. Romania complied in August 1940 and gave northern Transylvania to Hungary and the southern part of the Dobrojea to Bulgaria. These

bemühte sich 1940 um Unterstützung und Sicherheitsgarantien von Hitler. Diese wurden jedoch an die Bedingung geknüpft, dass Rumänien die Gebietsansprüche der Naziverbündeten Ungarn und Bulgarien befriedige. Im August 1940 übergab Rumänien Nord-Transsylvanien an Ungarn und den Südteil der Dobrojea an Bulgarien. Diese Gebietsverluste führten zu einem weiteren Erstarken der nationalistischen und antisemitischen Kräfte, die es als „nationale Schande" betrachteten, dass ihr Traum von einem „Groß-Rumänien" gescheitert war. „Schuldige" wurden schnell gefunden und eine Vielzahl von grausamen Pogromen gegen die jüdische Bevölkerung war die Folge. Aus den politischen Turbulenzen ging der glühende Antisemit Ion Antonescu als Gewinner hervor. Nach einem Putschversuch der „Eisernen Garde" ernannte König Carol II Ion Antonescu zum Ministerpräsidenten. Antonescu errichtete de facto ein diktatorisches Regime. Ion Antonescu ist einer der Haupttäter des rumänischen Holocaust. Während das offizielle Rumänien heutzutage offen ausspricht, was unter Antonescus Regierungszeit geschah, verehren Teile der Bevölkerung weiterhin den Massenmörder als rumänischen Nationalhelden.

Pogrome

Die positive Erinnerung vieler Juden an die ausgehende österreichisch-ungarische Epoche in der Bukowina ist mitunter dadurch entstanden, dass in vielen benachbarten Gebieten rund um die Jahrhundertwende 1900 grausame Pogrome stattfanden. Während der Pogrom von Kishinev 1903 weltweit Schrecken und Bestürzung hervorrief, konnten Juden im nur 350 km von Kishinev entfernten Czernowitz noch ein relativ gutes und sicheres Leben führen. Doch auch die Bukowina wurde knapp 40 Jahre später von brutalen Pogromen eingeholt. So kam es beim Rückzug der rumänischen Truppen aus der Nord-Bukowina 1940 zu vielen „kleineren" Pogromen in Dörfern und Städten der Süd-Bukowina und nahe gelegener Gebiete. So etwa in Radautz, Siret oder auch in Dorohoi, einer Stadt die etwa 20 km östlich der Bukowina in Rumänien liegt. Seltsame Vorkommnisse hatten am Morgen des 1. Juli 1940 den Pogrom von Dorohoi angekündigt. Viele Juden merkten, dass ihre christlichen Nachbarn begannen, ihre Häuser mit christlichen Symbolen oder dem groß aufgemalten Buchstaben „C" klar als christlich bewohnte Häuser zu markieren. Anscheinend war zuvor jemand von Haus zu Haus gegangen und hatte die christlichen Rumänen über den bevorstehenden Pogrom informiert. An jenem ersten Juli 1940 fand dann auch das Begräbnis eines jüdischen Soldaten der rumänischen Armee in Dorohoi statt. Dieser hatte sich kurz zuvor bei einer Konfrontation zwischen einem russischen Soldaten und einem rumänischen

territorial losses led to a further strengthening of the nationalist and anti-Semitic forces, who regarded it as a „national disgrace" that their dream of a „Greater Romania" had failed. „Culprits" were found quickly, and cruel pogroms against the Jewish population were the result. The ardent anti-Semite Ion Antonescu emerged from the political turmoil as the winner. After a coup attempt by the Iron Guard, King Carol II appointed Ion Antonescu as Prime Minister. Antonescu quickly established a de facto dictatorial regime. Ion Antonescu is one of the main perpetrators of the Romanian Holocaust. While Romania today officially acknowledges the crimes that happened under Antonescu's government, some parts of the population continue to worship the mass murderer as a Romanian national hero.

Pogroms

The positive memory of many Jews towards the Austrian-Hungarian period in the Bucovina may have arisen because of the brutal pogroms that took place in many neighboring areas around the turn of the century. While the pogrom of Kishinev of 1903 caused worldwide alarm and dismay, about 200 miles away, Jews were still living a relatively safe life in Czernowitz and the Bucovina. However, not even 40 years later brutal pogroms would also take place in the Bucovina. During the withdrawal of Romanian troops from the northern Bucovina in 1940, many „smaller" pogroms in villages and towns took place, for example, in Radautz, Siret or in Dorohoi, a city about 20 km east of the Bucovina in Romania. Strange events announced the pogrom of Dorohoi on the morning of July 1st, 1940. Many Jews realized that their Christian neighbors had marked their houses with Christian symbols, or had painted the letter „C" to highlight Christian inhabited houses. Apparently someone had previously gone from house to house to inform the Christian Romanians of the impending pogrom. The funeral of a Jewish soldier of the Romanian army was also scheduled for that day in Dorohoi. This soldier had died during a confrontation between a Russian soldier and a Romanian officer. He jumped in front of his Romanian officer while trying to protect him. The Russian soldier shot, and both were subsequently killed. Both were to be buried on July 1st with military honors. Despite the intimidating incidents of the morning, a large group of Jews from

Offizier schützend vor seinen rumänischen Offizier gestellt. Der russische Soldat erschoss jedoch daraufhin sowohl den jüdischen Soldaten als auch den rumänischen Offizier und beide sollten an jenem 1. Juli unter militärischen Ehren zu Grabe getragen werden. Trotz der einschüchternden Vorkommnisse des Vormittags fand sich am Friedhof eine größere Gruppe von Juden aus Dorohoi ein, um den jüdischen Soldaten zu begraben. Unmittelbar nach dem Begräbnis überfielen jedoch rumänische Soldaten die Trauernden. Zuerst wurde eine Gruppe von jüdischen Soldaten, die das Begräbnis organisiert hatten, an der Friedhofsmauer erschossen. Die Trauergäste versuchten, sich in der Leichenhalle des Friedhofes zu verstecken, wurden aber von dort herausgetrieben und ebenfalls erschossen. Zur gleichen Zeit begann dann auch der Pogrom im Zentrum der Stadt. Zivilisten und rumänische Soldaten plünderten jüdische Wohnungen und Geschäfte und ermordeten Juden auf brutalste Weise. So wird berichtet, dass der plündernde Mob in die Wohnung des älteren Ehepaars Eli und Feiga Riezel einbrach und der alten Frau die Ohren abschnitt, um ihr die Ohrringe zu rauben. Danach erst wurde sie getötet. Bei näherer Betrachtung des Pogroms von Dorohoi scheint es mir hier wichtig zu erwähnen, dass dieser Pogrom vor dem Kriegseintritt Rumäniens und ohne Beteiligung deutscher Truppen stattfand. Anders war es ein Jahr später in Czernowitz, wo deutsche Einsatzgruppen und andere Einheiten an der Organisation und Durchführung des Pogroms maßgeblich beteiligt waren. Nachdem Rumänien Anfang Juli 1941 Czernowitz und die Nord-Bukowina zurückeroberte, wurden mindestens 2.000 Juden in der Stadt ermordet, totgeschlagen oder erschossen. Weitere 3.000 Juden wurden auf qualvolle Weise in Gefängnissen festgehalten. Frauen wurden gezwungen, sich nackt auszuziehen, damit man an ihnen „Körperuntersuchungen” vornehmen könne.
Ein genauer Bericht über die Pogrome von Iasi, Bukarest, Kishinev und Odessa würde den Rahmen dieses Buches übersteigen. Es lässt sich jedoch generell feststellen, dass in den von Rumänien 1941 eroberten Gebieten im heutigen Moldawien und der Ukraine überall große Massenerschießungen und Massenermordungen von Juden begonnen hatten. Diese wurden teilweise durch rumänische Einheiten und teilweise durch deutsche Einsatzgruppen durchgeführt.

Transnistrien

Transnistrien ist der weiße Fleck auf der internationalen Landkarte der Holocaustforschung. Während es lange Zeit kaum Literatur über den Holocaust in dem von Rumänien annektierten Gebiet gab, ist in den vergangenen Jahren unter anderem durch die Veröffentlichung des „Berichts der

Dorohoi came to bury the Jewish soldier. Immediately after the funeral, Romanian troops invaded the mourners. First, a group of Jewish soldiers who had organized the funeral was shot dead at the cemetery wall. Meanwhile, the mourners tried to hide in the mortuary of the cemetery, but they were soon driven out and shot. At the same time, the pogrom started in the city center. Romanian soldiers and civilians looted Jewish homes and shops and brutally murdered Jews. One of the many reported victims is the elderly couple of Eli and Feiga Riezel. Before killing them, the mob invaded their home and cut off the ears of the old woman in order to steal her earrings.
It seems important to mention that this pogrom took place before Romania entered the war and without the participation of German troops. In Czernowitz a year later, however, German „Einsatzgruppen" and other units were engaged in the organization and implementation of the pogrom. After Romania had reclaimed Czernowitz and the northern Bucovina in early July 1941, at least 2,000 Jews were killed in the city. Another 3,000 Jews were held in a painful manner in prisons, and women were forced to strip naked in order to conduct „body searches".
A detailed report on the pogrom in Iasi, Bucharest, Kishinev and Odessa would exceed the scope of this book. But it can be ascertained that in all the areas conquered by Romania in 1941 (in what is now Moldova and Ukraine), terrible mass shootings and mass murders of Jews took place, carried out by both Romanian units and German „Einsatzgruppen".

Transnistria

Transnistria is the white spot on the international map of the Holocaust. Although there was little literature on the Holocaust in this area for a long time, this situation has gradually changed in recent years. In addition, the publication of the report of the International Committee for the

Internationalen Kommission zur Erforschung des Holocaust in Rumänien" wichtige und gute Aufklärungsarbeit geleistet worden. Die Mitschuld der rumänischen Armee und Führung am Holocaust wurde in der Zeit des Kommunismus kaum aufgearbeitet. Mit der Zeit setzt sich jedoch eine differenzierte Betrachtung der Geschehnisse in Rumänien durch. Im September 2009 wurde im Beisein des Präsidenten ein eindrucksvolles Holocaust-Mahnmal in Bukarest eröffnet. Gemeinsam mit den deutschen Nazis organisierten die rumänischen Faschisten die systematische Vernichtung der Juden durch Deportationen nach Transnistrien. Dort wurde ein grausames Netzwerk an Vernichtungs- und Konzentrationslagern errichtet, die bis heute kaum erforscht und wenig bekannt sind. Geografisch gesehen ist das Transnistrien der Kriegsjahre ein Gebiet zwischen den Flüssen Dniester und Bug und liegt hauptsächlich in der heutigen Ukraine. Es ist größer und deshalb nicht zu verwechseln mit dem kleineren Teilgebiet gleichen Namens – rund um die Stadt Tiraspol –, das als abtrünnige Provinz Moldawiens gilt. Nachdem Nazi-Deutschland im Juni 1941 die Sowjetunion überfallen hatte, eroberten deutsche Truppen rasch dieses Gebiet. Während viele Juden der Region versuchten, vor den einrückenden deutschen Truppen weiter nach Osten zu fliehen, begannen die Einsatzgruppen gemeinsam mit deutschen und rumänischen Soldaten den Massenmord an zehntausenden Juden. Diese Massenerschießungen von Kindern, Frauen und Männern fanden oft nahe der Dörfer und Städte statt, in denen die Juden gelebt hatten. Die Opfer mussten oftmals ihre eigenen Gräber graben und wurden dann von ihren Mördern erschossen. Das ganze Gebiet Transnistriens ist bis heute von unzähligen, größtenteils unmarkierten Massengräbern überzogen. Im September 1941 begannen die Deportierungen der Juden der Bukowina, Bessarabiens und Nord-Moldawiens über den Dniester nach Transnistrien. Dort wurde in den ehemals jüdischen Vierteln der Dörfer und Städte eine Vielzahl von Transit-, Konzentrations- und Vernichtungslagern eingerichtet. Viele der Deportierten wurden schon am Weg nach Transnistrien ermordet, manche auf wochenlangen Fußmärschen von der Bukowina in Richtung Transnistrien getrieben. All jene Menschen, die nicht schnell genug gehen konnten – Alte, Kinder, Kranke und schwangere Frauen –, wurden am Wegesrand erschossen. Viele starben an Erschöpfung und Hunger. Andere Deportationen, zum Beispiel aus den Städten der Süd-Bukowina, fanden per Eisenbahn statt. So wurden in Radautz, wo meine Familie lebte, alle Juden dazu aufgerufen, sich am Bahnhof zu versammeln. All jenen, die nicht erschienen wären, drohte die Todesstrafe. Am Bahnhof der Stadt wurden die Juden in Güterwaggons getrieben. Überlebende berichteten mir 60 Jahre später von diesen grausamen Transporten mit Schaudern und Schrecken, den auch ich nie vergessen werde. Die Menschen waren in den Waggons eingepfercht, es gab kein Wasser, keine Lebensmittel und oftmals nicht einmal Platz, um sich hinzusetzen. Diese Deportationszüge fuhren oft tagelang, und bei jeder Station wurden die Menschen, die in den Zügen schon gestorben waren, ausgeladen. Als die Überlebenden dann den Fluss Dniester erreichten, wurden in vielen Fällen weitere Menschen

Investigation of the Holocaust in Romania helped significantly to understand the Holocaust in Romania. The complicity of the Romanian army and leadership in the Holocaust was a fact rarely mentioned in communist Romania. Over time, however, the view of what happened during the Holocaust has evolved in the Romanian public imagination, and in September 2009, the opening of a striking Holocaust memorial in Bucharest was attended by the President. Together with German Nazi forces, the Romanian fascists organized the systematic extermination of Jews and the deportations to Transnistria. However, to this day, little is known about the cruel network of extermination and concentration camps in Transnistria. Geographically, the Transnistria region of the war years is an area between the rivers Dniester and Bug, located mainly in what is today Ukraine. It is a large area and should not be confused with the smaller part of the province under the same name (around the city of Tiraspol), which is a renegade province of Moldova. After Nazi Germany had invaded the Soviet Union, German and Romanian troops quickly conquered the area in the summer of 1941. While many Jews living in the region tried to flee from the advancing German troops, the German Einsatzgruppen began the massacre of tens of thousands of Jews, together with German and Romanian soldiers. These mass shootings of children, women and men often took place near the villages and towns where the Jews had lived. The victims often had to dig their own graves before being shot by their killers. The whole area of Transnistria is filled with mostly unmarked mass graves. In September 1941, the deportations of the Jews to Transnistria from the Bucovina, Bessarabia and Northern Moldavia began to the area east of the river Dniester. In Transnistria a variety of transit, concentration and extermination camps were set up, often in the former Jewish quarters of towns and villages. Some of the deportees were murdered on the way to Transnistria. The deportees were often driven on foot marches for weeks from the Bucovina towards Transnistria. All those people who could not march fast enough – the elderly, children, sick people and pregnant women – were shot dead by the wayside. Countless others died from exhaustion and hunger. Other deportations, e.g., from the cities of the southern Bucovina, were carried out by rail. Thus, in Radautz, where my family used to live, all the Jews were called to assemble at the train station. All those who had not appeared were in danger of execution. At the train station, the Jews were then herded into freight cars. 60 years later, survivors still shuddered when they told me about these cruel transports. Their horror was so clear that even I will never forget these fearful moments, recalled by their sad memories. The people were crowded into the trains, where there was no water, no food and often not even room to sit down. These deportation trains traveled very slowly, and the journey took often many days. People who died on the trains were sometimes unloaded on stations along the way. Upon arrival of the surviving deportees at the river Dniester, some were shot right on the riverside before the trains crossed to Transnistria. Others, driven into the river, were shot

noch direkt am Dniester erschossen. Überlebende berichteten mir auch davon, dass Menschen in das Wasser des Stromes getrieben wurden und dann im Wasser erschossen wurden. Dadurch sparte man sich das Ausheben von Gräbern. Verübt wurden diese Verbrechen von deutschen Einsatzgruppen der SS, von rumänischen Militär- und Polizeiangehörigen und von ukrainischen Hilfspolizisten. Eine weitere wichtige Gruppe an Tätern bildeten Einheiten von deutschsprachigen Ukrainern, so genannten „Volksdeutschen". So fungierte etwa das „volksdeutsche" Städtchen Rastadt, im Süden Transnistriens als Endlager: Während die rumänische Gendarmerie Rastadt stetig mit Juden „belieferte", wurden diese dort von lokal rekrutierten „volksdeutschen" Mordeinheiten erschossen. Aber nicht nur Teile der deutschsprachigen Bevölkerung beteiligten sich am Massenmord. Auch viele ukrainische und rumänische Zivilisten nützten das Morden für ihren Vorteil. So berichteten Überlebende etwa, dass Bauern von den Polizisten Juden „kaufen" konnten. Diese wurden dann erschossen und der Bauer bekam im Gegenzug die Kleidung des Ermordeten. Neben den Massenerschießungen wurden auch „billigere" und einfachere Wege gefunden, die Juden zu ermorden: Hungertod, Krankheiten, Arbeit bis zur Erschöpfung und Kälte. Im schrecklichen Winter 1941/1942, in dem die Temperaturen auf –35 Grad C fielen, starben besonders viele Menschen. Während in vielen Lagern eine Typhusepidemie herrschte, wurden Deportierte auf tagelangen Todesmärschen im Kreis durch Transnistrien getrieben. Die von uns interviewten Transnistrien-Überlebenden berichteten uns auch von grausamen Folterungen, massenhaften Vergewaltigungen junger Mädchen und Frauen und von sadistischen Soldaten, die es genossen, Kinder und wehrlose Menschen zu ermorden. So erzählte mir Frau Chaia Koffler aus Radautz, wie sie als junge Frau von 20 Jahren nach Transnistrien verschleppt wurde. Eindringlich berichtete sie mir von Folterungen, Misshandlungen und Ermordungen, die sie durchleben oder mit ansehen musste. So wurde Frau Koffler gemeinsam mit vielen anderen von rumänischen Polizei- oder Militäreinheiten in das eiskalte Wasser des Flusses Bug getrieben: „Große Stücke Eis sind getrieben im Wasser, aber der Offizier hat gesagt, wir müssen bis zum Kopf hinein in den Bug. Man kann ja gar nicht so weit gehen in das Wasser, das Wasser schleppt einen doch weg! Ich habe mich heruntergesetzt und er hat das nicht gesehen. Danach mussten wir hinaus, mussten uns am Ufer hinlegen, die Hosen herunterziehen, und dann haben sie uns mit Riemen geschlagen."

Generell kann man sagen, dass der rumänische Holocaust im Vergleich zum deutschen weniger organisiert, aber deshalb nicht weniger tödlich abgelaufen ist. Die Massenerschießungen in Transnistrien führten jedoch dazu, dass es bis heute schwierig ist, genaue Opferzahlen zu ermitteln. Die Öffnung der Archive der ehemaligen Sowjetunion und Rumäniens brachte viele Dokumente wie zum Beispiel Militärkorrespondenzen zum Vorschein. Von den mindestens 150.000 Juden aus der Bukowina, Dorohoi und Bessarabien, die nach Transnistrien deportiert wurden, starben etwa 90.000 dort. Noch höher sind die Opferzahlen bei den lokalen, ukrainischen Juden, von

and died in the water. This saved the murderers the work needed for digging the graves. These crimes in Transnistria were committed by German Einsatzgruppen of the SS, by Romanian military and police forces and by members of the Ukrainian auxiliary police. Other units were made up of ethnic Germans living in the Ukraine – the so-called „Volksdeutsche". These ethnic German murder units served (for instance, in the town of Rastadt in the south of Transnistria) as a „killing machine" used by Romania. While the Romanian Police steadily supplied Rastadt with Jews, locally recruited ethnic Germans killing units shot the Jews upon arrival. However, not only parts of the ethnically German population took part in the mass murder; many Ukrainian and Romanian civilians also took part in the crimes or took advantage of the killings to benefit themselves. Survivors reported that farmers, for instance, could „buy a Jew" from policemen, who then shot the Jew. In exchange for some money, the farmer received the clothing of the murdered person. In addition to the mass executions, „cheaper" and easier ways were found to kill the Jews. These were starvation, disease, working the victims to exhaustion and cold. During the terrible winter of 1941/1942, in which the temperatures fell to –31 degrees Fahrenheit (–35° C), many people died of cold, typhus and starvation. While a typhus epidemic ravaged many camps, deportees were driven for days on death marches through Transnistria. Survivors told us also of cruel tortures, widespread rape of young girls and women, and sadistic soldiers who enjoyed murdering children and defenseless people. In an interview, Mrs. Chaia Koffler of Radautz recounted how she was deported as a 20 years old woman to Transnistria. She told me forcefully of torture, abuse and murder that she witnessed, and how she had to watch her whole family die. In Transnistria, Mrs. Koffler was driven, together with many other deportees, into the icy water of the river Bug, which she recounts as follows: „Large pieces of ice were drifting in the water, but the officer said we need to go into the Bug until our head was covered. One can not even go so far into the water, the water carries one away! I lowered myself and he did not see that. Then we all had to come out, had to lie down on the shore, pull down our pants, and then they beat us with belts."

Generally speaking, the Holocaust in Romania, in comparison with Germany, was less organized but no less lethal. The mass shootings in Transnistria, however, make it difficult to determine the exact numbers of victims. The opening of archives in the former Soviet Union and Romania brought many military documents to the fore. Of the at least 150,000 Jews from the Bucovina, Bessarabia and Dorohoi who were deported to Transnistria, about 90,000 died there. Even higher are the numbers of victims among the local, Ukrainian Jews, of which at least 185,000 were murdered in Transnistria. According to the International Commission for the Study of the Holocaust in Romania, 280,000 to 380,000 Jews were murdered in the territories belonging to Romania. In addition, 135,000 Jews were deported from Hungary-controlled northern Transylvania to Auschwitz, where

denen mindestens 185.000 in Transnistrien ermordet wurden. Nach Angaben der Internationalen Kommission zur Erforschung des Holocaust in Rumänien wurden zwischen 280.000 und 380.000 Juden in den damals zu Rumänien gehörenden Territorien ermordet. Hinzu kommen noch weitere 135.000 Juden, die aus dem von Ungarn kontrollierten Nord-Transsylvanien größtenteils nach Auschwitz deportiert und dort ermordet wurden. Ungefähr 5.000 weitere rumänische Juden, die in anderen Staaten Europas lebten, wurden ebenfalls in der Shoah ermordet.

Porajmos – Der Holocaust an den Roma

Auf Romanes, der Sprache der Roma, wird der Holocaust an den Roma und Sinti Porajmos genannt. Während europaweit hunderttausende Roma von den Nazis verfolgt und ermordet wurden, hatte auch Rumänien im Jahr 1942 mit der Deportation rumänischer Roma nach Transnistrien begonnen. Den Deportationswellen ging im Mai 1942 eine Selektion und Registrierung der „unerwünschten und gefährlichen" Roma voran. Vor allem nomadische Roma-Familien und arme Roma (so genannte „kriminelle und gefährliche", die angeblich vom Betteln und Stehlen lebten) wurden daraufhin deportiert. Nachdem ein Teil der Roma in einigen Dörfern relativ gut im Dorfleben integriert war, gab es mancherorts Proteste von ortsansässigen rumänischen Bauern gegen die Deportationen. Insgesamt lebten 1942 etwa 208.700 Roma in Rumänien. Von diesen wurden etwa 12 Prozent nach Transnistrien getrieben und verschleppt. Es wird geschätzt, dass etwa die Hälfte der 25.000 deportierten Roma Kinder waren. Die meisten nomadischen Roma mussten viele Wochen lang unter schlimmsten Bedingungen zu Fuß nach Transnistrien marschieren. Überlebende berichteten, dass bei diesen Deportationsmärschen „Langsame" und schwangere Frauen erschossen wurden. In Transnistrien angekommen, wurden die Roma in armselige „Kolonien" mit schlechtester Versorgung, oft ohne Lebensmittel, Feuerholz oder sanitäre Einrichtungen getrieben. Viele der Deportierten starben an Hunger, Kälte oder Krankheiten. In Transnistrien starben etwa 11.000 der 25.000 deportierten Roma.

most were killed upon arrival. A further 5,000 Romanian Jews living in other European countries were also murdered in the Shoah.

Porajmos – The Holocaust of the Roma

In Romani, the language of the Romani or Gypsy People, the Holocaust is called Porajmos. While hundreds of thousands of Roma in Europe were persecuted by the Nazis and murdered, Romania itself began with the deportation of Romanian Roma to Transnistria in 1942. The deportations were preceded by selection and registration of the so-called „unwanted and dangerous Gypsies". In particular, nomadic Roma and poor Roma families (so-called „criminal and dangerous" Roma, who were alleged to live by begging and stealing) were then deported. Parts of the Roma people in some villages were relatively well integrated into ordinary village life. And there were protests against the deportations by local residents in some Romanian villages. In 1942, approximately 208,700 Roma were living in Romania. Of these, about 12 percent were driven and deported to Transnistria. It is estimated that about half of the 25,000 deported Roma were children. Most of the nomadic Roma had to march to Transnistria on foot, under the worst conditions. Survivors reported that at these deportation marches, „slow" people and pregnant women were shot. After arrival in Transnistria, the Roma were then driven into miserable camps, so-called „colonies", often without food, firewood and sanitation. Many of the deportees died from hunger, cold and/or disease. About 11,000 of these 25,000 deported Roma died in Transnistria.

Geblieben sind die Friedhöfe.

Die traumatischen Ereignisse der Shoah haben tiefe Wunden bei den wenigen Überlebenden hinterlassen. Und so ist es kaum verwunderlich, dass die meisten überlebenden Bukowina-Juden später versuchten auszuwandern. Zurückgeblieben ist ein Land voller jüdischer Geschichte, aber fast ohne Juden. Über die gesamte Bukowina verteilt findet man jüdische Friedhöfe enormen Ausmaßes. Die von Pflanzen und Unkraut überwachsenen Grabsteine sprechen eine traurige Sprache. Mancherorts werden die Friedhöfe noch ein wenig gepflegt. Doch viele sind einfach in Vergessenheit geraten und so mancher Nachbar nutzt diese heiligen Plätze für seinen eigenen Vorteil. Manchmal ist dies für die Friedhöfe und deren seltene Besucher harmlos. In Gura Humorului geben wir der neben dem Friedhof wohnenden Roma-Familie ein wenig Geld. Die vielen Kinder kommen schnell aus dem Haus gelaufen, wenn sie sehen, dass sich jemand zum Friedhof verirrt hat. Im nahe gelegenen Dorf Solca wurde jedoch der halbe Friedhof verwüstet und einfach zu einem Kartoffelacker entstellt. Zerbrochene Grabsteine liegen rund um das rechteckige Kartoffelfeld. Bleibenden Eindruck hinterlässt der jüdische Friedhof von Czernowitz. Mit 50.000 Gräbern ist er bei weitem der größte Friedhof der Region; die Zeremonienhalle beim Eingang begrüßt den Besucher an diesem heiligen Ort in verfallenem Zustand. Seit einigen Jahren wird der Friedhof zwar von international anreisenden Freiwilligen langsam restauriert. Doch es wird noch viele Jahre dauern, um diesen Friedhof mit seinen gewaltigen Dimensionen vom Gestrüpp der letzten Jahrzehnte zu befreien.

In diesem Dschungel ein Grab der eigenen Familie zu finden, schien unmöglich. Und doch machte ich mich auf den Weg durch das unwegsame Geäst. Nach stundenlanger Suche finde ich es plötzlich, mitten im Wald, überwachsen von Blättern, Bäumen und Blumen: das Grab des Großvaters meines Großvaters. Ich versuche mit meinen aufgeschürften Händen das Grab von den Pflanzen zu befreien und sage einen Kaddisch.
Einen Kaddisch für die verschwundene Welt der jüdischen Bukowina.

Only the cemeteries remain.

The traumatic events of the Holocaust have left deep wounds among the few survivors. It is hardly surprising that most surviving Bucovina Jews later tried to emigrate. Left behind is a country full of Jewish history, but almost no Jews. Throughout the whole Bucovina, Jewish cemeteries of great proportions can be found. The overgrown tombstones full of plants and weeds paint a tragic picture. In some places, the cemeteries are at least somewhat maintained. However, many are simply forgotten and some neighbors use these holy places for their own benefit. Sometimes this is harmless for the cemeteries and their rare visitors. In Gura Humora, for instance, we always give the Roma family residing next to the cemetery a little bit of money. The many children come running quickly out of their house when they see that some strange visitors have found their way to the cemetery. In the nearby village of Solca, however, half of the cemetery was recently devastated and turned into a potato field. Broken gravestones are arranged around the rectangular field. The Jewish cemetery of Czernowitz leaves an especially lasting impression on its visitors. With 50,000 graves, it is by far the largest cemetery in the region. The ceremonial hall at the entrance welcomes visitors to this sacred place, existing in a dilapidated condition. Nevertheless, the cemetery is being slowly restored by international volunteers. But it will take many more years to rid this cemetery of the undergrowth of the last decades.

In this huge jungle of a cemetery it seemed impossible to find the grave of my own family, and yet I made my way through the rough branches. After hours of searching, I suddenly find it in a forest, overgrown with leaves, trees and flowers: the grave of the grandfather of my grandfather. With my hands, I try to rid the grave of the plants and bushes that seem to hold it firmly embraced, and then I say a Kaddish. A Kaddish for the vanished world of the Jewish Bucovina.

Eine Reise in die Bukowina, 2010
A voyage into the Bucovina, 2010

39
Calafindeşti 6
30 Suceava
2
2
Siret 12

Eine Reise durch die Zeit, 2009
A journey through time, 2009

Auf dem Markt, Suceava, Rumänien, 2009
At the market, Suceava, Romania, 2009

Ruth Enis, Haifa, Israel 2009

Ruth Enis wurde in Radautz, Rumänien geboren. Ihre Familie wanderte im Jahre 1938, vor der Staatsgründung, nach Israel aus. Allerdings erkrankte im Jahr 1939 ihre Großmutter in der Bukowina, und Ruth und ihre Mutter beschlossen, sie zu besuchen. Diese Reise wurde ihnen zum Verhängnis, da sie nicht zeitgerecht nach Israel zurückkehren konnten und von Radautz nach Transnistrien deportiert wurden. Ruth Enis überlebte die Lager und kehrte nach dem Krieg nach Israel zurück, wo sie später Landschaftsarchitektin wurde. Haifa, Israel, 2009

„Ich habe in Transnistrien vor allem unter zwei Dingen gelitten: Hunger und Kälte. Die ersten Wintermonate waren schon sehr kalt, da hab ich sehr unter Hunger gelitten. Das hat mir dann auch gesundheitlich sehr geschadet. Ich hatte noch lange, viele Jahre nachher Gelbsucht. Als ich von Transnistrien nach Bukarest kam, war ich nicht kleiner als heute, habe aber nur 38 kg gewogen."

Ruth Enis was born in Radautz, Romania. Her family emigrated in 1938 before the establishment of the state to Israel. However, in 1939 her grandmother fell ill back in the Bucovina, and Ruth and her mother decided to visit her. They did not return to Israel in time and were deported to Transnistria. Ruth Enis survived the camps, and after the war, she moved back to Israel, where she became a landscaping architect. Haifa, Israel, 2009

„I have suffered in Transnistria mostly from two things: hunger and cold. The first couple of winter months were very cold, and I suffered much from hunger. This was very detrimental to my health. I suffered for a long time, many years later still from jaundice. When I came from Transnistria to Bucharest I was not smaller than today but I only weighed 38 kg."

Ein Junge überquert die Bahngleise, Radautz, Rumänien, 2009
Boy crossing train tracks, Radautz, Romania, 2009

Eine Straße im ehemals überwiegend jüdischen Viertel von Radautz, Rumänien, 2009
A street in the former predominantly Jewish quarter of Radautz, Romania, 2009

Emil Rennerts Urgroßvater, Pinkas Rennert, maturierte an diesem damals österreichischen Gymnasium kurz vor dem Ausbruch des Ersten Weltkriegs 1914. Radautz, Rumänien, 2009
Emil Rennert's great-grandfather, Pinkas Rennert, graduated from this Austrian high school in 1914 shortly before the outbrake of World War I. Radautz, Romania, 2009

Wegen Regenwassereintritt bleiben die heute leeren Bänke im Inneren des Tempels meistens abgedeckt. Radautz, Rumänien, 2009
Inside the temple, the empty benches are covered to protect against water leaks. Radautz, Romania, 2009

Der große Tempel von Radautz, ein stummer Zeuge der Vergangenheit. Im Laufe der letzten Jahrzehnte wurde ein Kreuz direkt neben dem Tempel errichtet. Radautz, Rumänien, 2009
The main temple in Radautz, a silent witness of the past. Over the years the city has put up a cross next to the synagogue. Radautz, Romania, 2009

Hauptplatz, Suceava, Rumänien, 2009
City square, Suceava, Romania, 2009

Hedwig Brenner, Haifa, Israel, 2009

Hedwig Brenner wurde am 27. September 1918 in Czernowitz geboren, wo sie als Kind in der zentralen Herrengasse lebte. Czernowitz verbindet sie heute mit vielen Erinnerungen an ihre Kindheit und Jugend. „Es war Hochkultur in Czernowitz. Es gab viele Bibliotheken, Theater, Maler, Schriftsteller und Künstler." Hedwig Brenner studierte ein Jahr in Wien Kunstgeschichte, musste jedoch nach der Machtergreifung der Nazis in Österreich ihr Studium abbrechen. Die Kriegsjahre überlebte sie in Czernowitz, wo sie einige Zeit auch im Ghetto leben musste. Zehntausende Juden aus Czernowitz und der Bukowina wurden nach Transnistrien deportiert. Doch etwa 19.600 Juden konnten durch Bemühungen des rumänischen Bürgermeisters Traian Popovici in Czernowitz bleiben und überlebten den Holocaust. Popovici wird in Israels Holocaust Gedenkstätte Yad Vashem als Gerechter unter den Völkern geehrt. Hedwig Brenner lebte nach dem Zweiten Weltkrieg in Rumänien und arbeitete als Physiotherapeutin. Sie und ihr Mann stellten insgesamt 130 Ausreiseanträge. Doch erst im fortgeschrittenen Rentenalter wurde ihrer Familie die Ausreise aus Rumänien gewährt. Im Jahr 1982 wanderten die Brenners nach Haifa in Israel aus, wo Hedwig Brenner Schriftstellerin und Lexikografin wurde.

Hedwig Brenner was born in Czernowitz in September 1918. As a child she lived on „Herrengasse", right in the center of town. To this day, Mrs. Brenner has many memories of her childhood and youth in Czernowitz. „There was high culture in Czernowitz. There were many libraries, theaters, painters, writers and artists." Hedwig studied art history for one year in Vienna, but had to quit her studies after Austria became part of Nazi-Germany in 1938. She survived the Holocaust in Czernowitz, where she also had to live for some time in the ghetto. Tens of thousands of Jews from Czernowitz and the Bukovina were deported to Transnistria. But about 19,600 Jews were rescued due to the efforts of the Romanian mayor, Traian Popovici, who gave them permission to stay in Czernowitz. Popovici is honored at Israel's Holocaust memorial Yad Vashem as a Righteous Among the Nations. After World War II, Hedwig Brenner lived in Romania, where she worked as a physiotherapist. She and her husband filed a total of 130 applications for exit permits. But her family was only allowed to leave Romania after she had retired. In 1982 they emigrated to Israel, where Hedwig Brenner became a writer and lexicographist.

Synagogengasse, Czernowitz, Ukraine, 2009
„Synagogue Street", Czernowitz, Ukraine, 2009

Der ehemalige Große Tempel von Czernowitz. Der Tempel wurde im Jahre 1941 von deutschen und rumänischen Soldaten geschändet und verbrannt. Die Überreste wurden später zu einem Kino umgebaut. Czernowitz, Ukraine, 2009

The former main temple of Czernowitz. The temple was burned and desecrated in 1941 by German and Romanian soldiers. The remains were later converted to a movie theater. Czernowitz, Ukraine, 2009

Die Hände auf diesem Grab auf dem jüdischen Friedhof von Czernowitz stellen das Symbol für einen Cohen, einen Nachfahren des biblischen Aaron dar. Czernowitz, Ukraine, 2009

The hands on this grave at the Jewish Cemetery are an ancient symbol for a Cohen, a descendant of the biblical Aaron. Czernowitz, Ukraine, 2009

Andere Bewohner, gleiches Haus, Czernowitz, Ukraine, 2010
Different inhabitants, same house, Czernowitz, Ukraine, 2010

Bis heute wird die Wäsche oft mit der Hand gewaschen. Czernowitz, Ukraine, 2009
To this day, laundry is often washed by hand. Czernowitz, Ukraine, 2009

Morgenverkehr, Czernowitz, Ukraine, 2009
Morning commute, Czernowitz, Ukraine, 2009

Mehr als 10.000 Juden aus dem Radautzer Gebiet wurden von diesem Bahnhof nach Transnistrien deportiert. Radautz, Rumänien, 2009
More than 10,000 Jews from the Radautz area were deported to Transnistria from this station. Radautz Train Station, Romania, 2009

Jüdischer Friedhof, Gura Humora, Rumänien, 2009
Jewish cemetery, Gura Humora, Romania, 2009

Laut Einheimischen starb der letzte Jude in Siret vergangenes Jahr. Verlassene Synagoge, Siret, Rumänien, 2009
According to locals, the last Jew in Siret died last year. Deserted synagogue, Siret, Romania, 2009

Vergessene Reste des jüdischen Lebens, Siret Synagoge, Siret, Rumänien, 2009
Forgotten remnants of Jewish life, Siret Synagogue, Siret, Romania, 2009

Nacht in Czernowitz, Ukraine, 2009
Night in Czernowitz, Ukraine, 2009

Nachtleben in der Herrengasse, Czernowitz, Ukraine, 2009
Night life on „Herrengasse", Czernowitz, Ukraine, 2009

An der Universität von Czernowitz, Ukraine, 2010
At the University of Czernowitz, Ukraine, 2010

Ein Deutschkurs an der Universität von Czernowitz, Ukraine, 2010
A German class at the University of Czernowitz, Ukraine, 2010

Chaya Gansach, Tel Aviv, Israel, 2009

Chaya Gansach wurde 1923 in Nepolokauz in der nördlichen Bukowina geboren. Als sie 18 Jahre alt war, wurde sie nach Mogilev-Podolski in Transnistrien deportiert. „Wir wurden zu Fuß deportiert. Wir mussten viele, viele Wochen lang aus der Bukowina nach Transnistrien marschieren. Die meisten alten Menschen, Kinder und schwangeren Frauen starben auf dem Weg vor Erschöpfung. Wir schliefen auf den Feldern, jeder hat von uns gestohlen, und wir wurden geschlagen. Mein Vater, Avram Yitzhak Münster, starb 1942 in Mogilev. Ich überlebte Mogilev und war da von 1941 bis zu unserer Befreiung 1944." Gefragt, ob sie jemals nach Nepolokauz zurückkehren wollte, antwortet sie: „Nein, ich will diesen Ort nie wieder sehen. Niemals."

Chaya Gansach was born in 1923 in Nepolokauz in the northern Bucovina. When she was 18 years old, she was deported to Mogilev-Podolski in Transnistria. „We were deported by foot. We had to march for many, many weeks from the Bucovina to Transnistria. Most old people, children and pregnant women died on the way from exhaustion. We slept on the fields and everybody stole from us and we were beaten. My father, Avram Yitzhak Münster, died in 1942 in Mogilev. I survived Mogilev from 1941 until our liberation in 1944." When asked if she ever returned to Nepolokauz, she answers: „No, I don't ever want to see that place again. Never."

Der Dnjestr bei Mogilev war einer der wichtigsten Zugänge nach Transnistrien. Unzählige Deportierte erreichten Transnistrien nie, da sie schon am westlichen Flussufer massakriert wurden. Ihre Leichen wurden in den Dnjestr geworfen. Mogilev-Podolski, Ukraine, 2009
The Dniester River in Mogilev was one of the main entry points into Transnistria. Countless deportees never reached Transnistria and were massacred on the riverside. Their bodies were thrown into the Dniester. Mogilev-Podolski, Ukraine, 2009

Ein Bauer führt seine Kuh durch den jüdischen Friedhof, Mogilev-Podolski, Ukraine, 2009
A farmer walks his cow through the Jewish cemetery, Mogilev-Podolski, Ukraine, 2009

Ein Massengrab von tausenden Opfern des Holocaust in Transnistrien auf dem jüdischen Friedhof, Mogilev-Podolski, Ukraine, 2009
A mass grave of thousands of victims of the Holocaust in Transnistria at the Jewish cemetery, Mogilev-Podolski, Ukraine, 2009

Die Markthalle in Gura Humora, Rumänien, 2009
The market hall in Gura Humora, Romania, 2009

FARMACIE

Am Markt, Gura Humora, Rumänien, 2009
At the market, Gura Humora, Romania, 2009

Warten auf den Kishinev-Kiev Express, Mogilev-Podolski, Ukraine, 2009
Waiting for the Kishinev-Kiev Express, Mogilev-Podolski, Ukraine, 2009

Im Zug nach Radautz, Rumänien, 2009
On the train to Radautz, Romania, 2009

Geburtshaus von Dr. Felicia Carmelly in Vatra Dorna, Rumänien, 2009.
„Wir genießen das Zusammentreffen mit Familie und Freunden bei Feiertagen und Partys, gehen gemeinsam ins Kino, unternehmen Spaziergänge im Park, füttern zahme Eichhörnchen und gehen am Donnerstag gemeinsam auf den Markt, um für den Shabbat und für den Rest der Woche einzukaufen." Als Kind wurde Felicia von Vatra Dorna nach Shargorod in Transnistrien deportiert. Sie überlebte Transnistrien und lebt heute in Toronto, Kanada. Im Jahr 1997 veröffentlichte sie das wegweisende Buch „Shattered! 50 Years of Silence", über den Holocaust in Transnistrien.
Birth house of Dr. Felicia Carmelly in Vatra Dorna, Romania, 2009.
„We enjoy getting together with family and friends for holidays and parties, going to the movies, walking in the park, feeding the tame squirrels and going to the market on Thursdays to shop for Shabbat as well as for the rest of the week." As a child, Felicia was deported from Vatra Dorna to Shargorod in Transnistria. She survived Transnistria and is currently living in Toronto, Canada. In 1997 she published the groundbreaking book „Shattered! 50 Years of Silence", about the Holocaust in Transnistria.

Vatra Dorna, Rumänien, 2009
„Ich war oft am Bahnhof zuvor. Freunde waren angekommen, Freunde waren abgefahren, aber nie habe ich so viele Menschen zur gleichen Zeit auf den Zug warten gesehen. Wie kommt es, dass alle heute verreisen? Alle zur gleichen Zeit? Alle zum selben Ziel? Alle mit dem gleichen Zug? Die meisten Leute sind stumm, die Kranken ächzen und stöhnen; Kinder plappern, Babys weinen.“ Felicia Carmelly

Vatra Dorna, Romania, 2009
„I've been at the train station lots of times before. Friends were arriving, friends were leaving, but never have I seen so many people waiting for the train at the same time. Is everybody traveling tonight? All at the same time? All to the same place? All with the same train? Most of the people are silent, the sick are moaning and groaning; kids are chattering, babies crying.” Felicia Carmelly

Haus in Putna, Rumänien, 2009
House in Putna, Romania, 2009

Spielen im Hinterhof, Vatra Dorna, Rumänien, 2009
Playing in the back yard, Vatra Dorna, Romania, 2009

Rumänischer Bauer füttert seine Schafe, Bukowina, 2010
Romanian farmer feeds his sheep, Bucovina, 2010

Ein Schäfer mit seiner Herde, Rumänien, 2009
A shepherd with his flock, Romania, 2009

Rathaus von Gura Humora, Rumänien, 2009
City hall of Gura Humora, Romania, 2009

Rathaus von Gura Humora, Rumänien, 2009
City hall of Gura Humora, Romania, 2009

Die Liebersohn Familie überlebte die Lager von Transnistrien, kehrte nach Radautz zurück und wurde kurz nach ihrer Ankunft von örtlichen Antisemiten ermordet. Die Tochter, Sofie Liebersohn, wurde gezwungen, den brutalen Mord an ihren Eltern mit anzusehen, bevor sie selbst vergewaltigt und getötet wurde. Jüdischer Friedhof, Radautz, Rumänien, 2009

The Liebersohn Family survived the camps of Transnistria, returned to Radautz and was killed upon arrival by local anti-Semites. The daughter, Sofie Liebersohn, was forced to watch the brutal murder of her parents before she was raped and killed. Jewish cemetery, Radautz, Romania, 2009

כי דם עבדיו יקום
הבת
מרת
האם
מרת
האב
MOSES
RACHEL
SOFIE
LIEBERSOHN
VICTIMELE TEROAREI 17 MAI 1945

Yitzhak Rosner, Be'er Sheva, Israel, 2009

Yitzhak Rosner wurde 1926 in Moldovitza, Rumänien, geboren. Im Jahr 1940 wurden die Juden von Moldovitza gezwungen, das Dorf zu verlassen. Herr Rosner lebte daraufhin ein Jahr in dem nahe gelegenen Städtchen Gura Humora, bis seine Familie 1941 nach Transnistrien deportiert wurde. „Alle Juden mussten sich am Bahnhof sammeln. Am Nachmittag kam ein Zug mit Viehwaggons an. Die Fahrt dauerte fünf oder sechs Tage. Wir waren 45 Leute in meinem Waggon. Ein alter Mann und ein junger Mann starben im Zug. Manchmal, wenn der Zug anhielt, versuchten wir Wasser zu bekommen. Um eine kleine Flasche Wasser in den Zug zu bekommen, mussten wir ein Vermögen bezahlen. Als wir in Ataki ankamen, überquerten wir den Dnjestr auf einem Lastkahn nach Mogilev. Von dort mussten wir bis nach Shargorod marschieren. Dort musste ich sehr hart arbeiten und hatte fast nichts zu essen. Im Winter räumte ich den Schnee von den Straßen und im Sommer musste ich auf den Feldern arbeiten. Andere Jungen, die ein wenig älter waren als ich, wurden zu anderen Orten hinter dem Fluss Bug in das deutsche Hoheitsgebiet mitgenommen. Niemand kam zurück. Ich war in Shargorod von 1941 bis 1944. Am 21. März 1944 kamen die Russen. Alle Juden liefen auf dem großen Platz zusammen. Aber plötzlich tauchten deutsche Flugzeuge auf und schossen mit Maschinengewehren auf uns. Viele Menschen starben an diesem Tag."

Yitzhak Rosner was born in 1926 in Moldovitza, Romania. The Jews of Moldovitza were forced to leave the village in 1940. Mr. Rosner then lived in nearby Gura Humora for a year until his family was deported to Transnistria in 1941. „All Jews had to gather at the train station. In the afternoon a cattle train arrived. The train journey took five or six days, we were 45 people in my car. An old man and a young man died on the train. Sometimes when the train stopped we tried to get water. We had to pay a fortune in order to get a small bottle of water into the train. Once we arrived in Ataki we crossed the Dniester on a barge to Mogilev. From there we had to march to Shargorod. There I had to work very hard and had almost nothing to eat. In the winter I had to clear streets from the snow and in the summer I worked on the fields. Other boys who were a little older were taken to other places beyond the river Bug into German territory. Nobody came back. I was in Shargorod from 1941 until 1944. On the 21st of March, 1944, the Russians arrived. All the Jews came together on the big square. But suddenly German airplanes arrived and shot us with machine guns. Many people died that day."

Ortstafel von Shargorod, auf Russisch/Ukrainisch und Jiddisch, Ukraine, 2009
Signs at Shargorod border, in Russian/Ukrainian and Yiddish, Ukraine, 2009

ШАРГОРОД
שאריגראָד

Die Synagoge von Shargorod aus dem Jahr 1589 wurde von den Sowjets in eine Saft-Fabrik umgewandelt. Shargorod, Ukraine, 2009
The synagogue in Shargorod, dating back to 1589, was converted by the Soviets into a juice factory. Shargorod, Ukraine, 2009

Ein Junge im ehemaligen jüdischen Ghetto/Lager von Shargorod, Ukraine, 2009
A boy in the former Jewish ghetto of Shargorod, Ukraine, 2009

Massengrab in der Nähe des ehemaligen Konzentrationslagers Vapniarka. Ein örtlicher Polizist führte uns durch den Wald zu diesem unmarkierten Massengrab. Den Gefangenen von Vapniarka wurde Viehfutter, das die Beine vieler Häftlinge lähmte, verabreicht. Vapniarka, Ukraine, 2009
Mass grave near the former Vapniarka concentration camp. A local police officer guided us through the woods to this unmarked mass grave. The prisoners of Vapniarka were fed cattle fodder, which paralyzed the legs of many inmates. Vapniarka, Ukraine, 2009

Das ehemalige Konzentrationslager Vapniarka liegt innerhalb eines geschlossenen ukrainischen Militärstützpunkts. Unser Führer, ein einheimischer Polizist, war davon überzeugt, dass dieses Gebäude die Residenz der KZ-Wachmannschaften war. Vapniarka, Ukraine, 2009
The former concentration camp Vapniarka lies within a closed Ukrainian army base. Our guide, a local police officer, was quite convinced that this building used to be the residence of the concentration camp guards. Vapniarka, Ukraine, 2009

Czernowitz, Ukraine, 2009
Czernowitz, Ukraine, 2009

РИСТВО

Ringplatz, Czernowitz, Ukraine, 2010
The city hall square, Czernowitz, Ukraine, 2010

Czernowitz, Ukraine, 2009
Czernowitz, Ukraine, 2009

Radautz, Rumänien, 2010
Radautz, Romania, 2010

Radautz, Rumänien, 2010
Radautz, Romania, 2010

Auf diesem Feld auf dem jüdischen Friedhof begann am 1. Juli 1940 der Pogrom von Dorohoi. Rumänische Soldaten erschossen hier 53 Menschen, welche die Beerdigung des jüdisch-rumänischen Soldaten Iancu Solomon besuchten. Dieser war bei der Verteidigung eines rumänischen Offiziers getötet worden. Dorohoi, Rumänien, 2010

On this yard at the Jewish cemetery, the Dorohoi Pogrom started on July 1st 1940. Romanian soldiers shot 53 people who were attending the funeral of the Jewish-Romanian soldier, Iancu Solomon, a soldier who died while defending a Romanian officer. Dorohoi, Romania, 2010

Während seine Eltern ihre Habseligkeiten in Taschen verstauen, durchstreift dieses Roma-Kind den Bahnhof. Radautz, Rumänien, 2009
A Roma child roams the train station while her parents organize their belongings into bags, Radautz, Romania, 2009

Bukowina, Rumänien, 2009
Bucovina, Romania, 2009

Dorin Fränkel, Radautz, Rumänien, 2009
Herr Fränkel ist einer der letzten in Radautz lebenden Juden.
Er half uns wesentlich dabei, Informationen zu finden und die jüdische Geschichte der Bukowina sichtbar zu machen.
Dorin Fränkel, Radautz, Romania, 2009
Mr. Fränkel is one of the last Jews living in Radautz. He helped us significantly to find information and to reveal the Jewish history of the Bucovina.

In diesem Haus lebte eine Familie, die am Vorabend der Deportation nach Transnistrien Selbstmord beging. Radautz, Rumänien, 2009
The family living in this house committed suicide the night before the deportation to Transnistria. Radautz, Romania, 2009

Ehemalige Synagoge, jetzt als Tischlerei genutzt, Czernowitz, Ukraine, 2009
Former synagogue, now used as a carpentry workshop, Czernowitz, Ukraine, 2009

Ehemalige Synagoge, jetzt als Box-Club genutzt, Czernowitz, Ukraine, 2009
Former synagogue, now used as a boxing club, Czernowitz, Ukraine, 2009

Das ehemalige Jüdische Haus von Czernowitz wurde in einen „Kulturpalast" umgewandelt. Vor kurzem wurde auch ein kleines Jüdisches Museum hier gegründet. Czernowitz, Ukraine, 2010
The former Jewish National House of Czernowitz was converted into the „Chernivtsi Palace of Culture". Recently also a small Jewish Museum was established here. Czernowitz, Ukraine, 2010

Der ortsansässige Rote Armee Chor übt für ein Konzert im ehemaligen Jüdischen Haus. Czernowitz, Ukraine, 2010
The local Red Army Choir practices for a concert at the former Jewish National House, Czernowitz, Ukraine, 2010

Eine Klasse an der einzigen jüdischen Schule in der Bukowina, Czernowitz, Ukraine, 2010
A class at the only Jewish school existing today in the Bucovina, Czernowitz, Ukraine, 2010

Synagoge von Gura Humora, Rumänien, 2009
The synagogue of Gura Humora, Romania, 2009

Innenraum der Synagoge, Gura Humora, Rumänien, 2009
Inside the synagogue of Gura Humora, Romania, 2009

Jüdischer Friedhof, Gura Humora, Rumänien, 2009
The Jewish cemetery in Gura Humora, Romania, 2009

Eine Roma-Familie wohnt neben dem jüdischen Friedhof von Gura Humora, Rumänien, 2009
A Roma family lives next to the Jewish Cemetery of Gura Humora, Romania, 2009

Suceava Nordbahnhof, Bukowina, 2009
Suceava Gara de Nord Station, Bucovina, 2009

Tel. :0747 086 329
Str.Aurel Vlaicu.nr. 195
700m
METROPOL
PrePay
ORANGE
CONNEX
ROMTELECOM
NESCAFÉ
NESCAFÉ
DEFECT

Die Privatsammlung eines rumänischen Buchhalters: Stalin, Ceauşescu und rumänische Könige, eine Nazi-Uniform neben einer Menora, Siret, Rumänien, 2009
The collection of a Romanian bookkeeper who collects historical items: Stalin, Ceauşescu and Romanian Kings, a Nazi uniform next to a Menora, Siret, Romania, 2009

Die letzte täglich genützte Synagoge in der Bukowina, Czernowitz, Ukraine, 2009
The last synagogue in daily use in the Bucovina, Czernowitz, Ukraine, 2009

Bukowina, Rumänien, 2009
Bucovina, Romania, 2009

Czernowitz, Ukraine, 2009
Czernowitz, Ukraine, 2009

Die Zeremonienhalle am jüdischen Friedhof in Czernowitz. Über 50.000 Menschen sind auf diesem Friedhof begraben. Czernowitz, Ukraine, 2009
The ceremonial hall of the Jewish cemetery in Czernowitz. About 50.000 people are buried in the cemetery. Czernowitz, Ukraine, 2009

Czernowitz, Ukraine, 2010
Czernowitz, Ukraine, 2010

Synagoge von Dorohoi, Rumänien, 2010
Synagogue of Dorohoi, Romania, 2010

Ein kleiner Raum im Inneren des großen Tempels von Radautz. Die letzten in Radautz verbliebenen Juden treffen sich hier, um die hohen Feiertage zu feiern. Radautz, Rumänien, 2009
A small room inside the big Temple of Radautz. Here the last remaining Jews of Radautz meet to celebrate the high holidays, Radautz, Romania, 2009

Der ortsansässige Rote Armee Chor übt für ein Konzert im ehemaligen Jüdischen Haus. Czernowitz, Ukraine, 2010
The local Red Army Choir practices for a concert at the former Jewish National House, Czernowitz, Ukraine, 2010

кафе

Radautz, Rumänien, 2009
Radautz, Romania, 2009

Shani Bar On

wurde in Israel geboren und studierte Media and Communications am Sapir College der Ben Gurion Universität. Sie spezialisierte sich auf Fotografie und schloss ihr Studium mit Auszeichnung ab. Später arbeitete sie an der Gavra School of Photography in Tel Aviv. Shani Bar On führte darüber hinaus viele Interviews mit Holocaust-Überlebenden. Die Interviews sowie fotografische Portraits dieser Menschen liegen unter anderem am Center for Jewish History in New York auf. Nach langen Aufenthalten in Asien und den USA lebt und arbeitet Shani Bar On in Berlin. Viele ihrer Arbeiten wurden im Time Out New York Magazine und anderen Publikationen veröffentlicht.

Emil Rennert

wurde 1986 in Wien geboren und begann früh als Radiomoderator zu arbeiten. Im Jahr 2005 produzierte er den Dokumentarfilm "Eine verschwundene Welt" (edition exil) über die letzten Holocaust-Überlebenden der Kleinstadt Radautz in der Bukowina. Seit 2006 moderierte Emil Rennert Holocaust Education Workshops für Schulklassen. Von 2006 bis 2008 arbeitete er am Leo Baeck Institute New York, für das er zahlreiche Interviews mit österreichischen Holocaust-Überlebenden durchführte. Zurzeit studiert Emil Rennert an der Freien Universität Berlin, Deutschland.

Shani Bar On

Shani was born in Israel where she studied media and communications at the Sapir College of the Ben Gurion University. She specialized in photography and later worked at the Gavra School of Photography, Tel Aviv. Furthermore she conducted oral-history interviews with survivors of the Holocaust. Some of these interviews and photographic portraits are available at the Center for Jewish History in New York. After long stays in Asia and the United States she is currently living in Berlin, Germany. Many of her works have been published in Time Out New York Magazine and other publications.

Emil Rennert

Emil was born in Vienna, Austria where he worked as radio talk show host and holocaust education workshop trainer. In 2005, Emil produced a documentary film about the Jewish Bucovina. From 2006 until 2008 Emil worked at the Leo Baeck Institute New York. There he was responsible for the center's „Austrian Heritage Collection". He conducted oral-history interviews with more than 50 survivors of the Holocaust. Currently Emil Rennert studies at the Freie Universität of Berlin, Germany.

unterstützt von:

Fakultätsvertretung Geistes- und Kulturwissenschaften, University of Vienna
Fakultätsvertretung Human- und Sozialwissenschaften, University of Vienna
Studienrichtungsvertretung Geschichte, University of Vienna
Studienrichtungsvertretung Soziologie, University of Vienna
StV Theater, Film und Medienwissenschaft, University of Vienna
Institutsgruppe Philosophie, University of Vienna
StV Internationale Entwicklung, University of Vienna
Studienrichtungsvertretung Human- und Sozialanthropologie, University of Vienna
Studienrichtungsvertretung Komparatistik, University of Vienna